Edition Korrespondenzen
Zsuzsanna Gahse

Zsuzsanna Gahse

Die Erbschaft

Mit Zeichnungen von Anna Luchs

Edition Korrespondenzen

Schauplätze
Kassel, Verona, Wien, Budapest und andere Orte

Nach einem schweren, kurzen Sommerregen dampft der Asphalt in allen Straßen, am Rand der Gehwege riecht es säuerlich aus der Kanalisation. Daraus machen wir uns nichts, sagt ein Mann zu sich selber und schaut hinauf, in die Höhe, weiß der Himmel wohin. Dann geht er weiter, etwas vorgebeugt, ein schmächtiger Rothaariger. Er ist bekannt dafür, dass er immerzu zählt. Sobald er in der Früh einen Schluck warmen Tee getrunken hat, beginnt er zu zählen, rennt dann zur Straße hinaus und ist glücklich, falls ihn jemand um die Lösung einer möglichst komplizierten Rechenaufgabe bittet.

Auch in Köln gibt es einen Mann, der unentwegt mit dem Zählen beschäftigt ist, erzählt man. Er sei blond, beinahe weißblond, schmächtig, und meist ist er an der Hohenzollernbrücke anzutreffen. Häufig sieht man ihn auch vom Zug aus, wenn man über die Brücke fährt und am Fenster sitzt.

In Budapest hat ein Mann die Manie, mit einer Gummischleuder auf die Fenster des alten Rathauses zu schießen, so dass er in die Irrenanstalt eingeliefert wird. Nachdem er ein Jahr lang zu den unproblematischen Patienten gehört, bittet ihn der Direktor zu einem Gespräch. Sie unterhalten sich über Bücher, über Musik, ein wenig auch über politische Fragen, und der Mann zeigt sich aufgeschlossen, daher fragt ihn der Direktor, was er nach seiner Entlassung tun möchte. Tja, sagt der Befragte, er würde eine Gummischleuder nehmen und die Rathausfenster zertrümmern. Also bleibt er ein weiteres Jahr in der Anstalt, dann folgt wie zuvor ein Gespräch mit dem Direktor, eine anregende Unterhaltung, aber nach seinen Plänen befragt, spricht der Mann wieder von seiner Gummischleuder, so dass man ihn noch ein Jahr beobachten will.

Auch am Ende des dritten Jahres wird er vom Direktor empfangen, und dieses Mal sprechen die beiden nicht nur über Musik, Literatur und Politik, sondern über alle fünf Kontinente und deren Besonderheiten.

Als der Direktor ihn fragt, was er für seine nächste Zukunft plane, sagt er, dass er zunächst spazieren gehen möchte, und zwar auf der Margareteninsel, dort gibt es Sonne und viel Grün. Unterwegs, auf einem der Wege, würde er eine hübsche Dame ansprechen und sie zu einem Kaffee oder einem Glas Wein einladen.

Gute Idee, unterbricht ihn der Direktor.

Dann, so der Mann weiter, würde er mit der jungen Frau ins Kino gehen und nach dem Film mit ihr einen Wein trinken.

Ausgezeichnet, meint der Direktor lächelnd.

Ja, sagt der Mann, nachher würde ich sie zu mir nach Hause bitten, sie umarmen, ihr beide Schuhe ausziehen und auch die Strümpfe, dann würde ich ihren Slip herabstreifen, den Gummizug aus dem Slip herausziehen und auf die Rathausfenster schießen.

Drei Männer wurden zum Tod durch die Guillotine verurteilt, ein Franzose, ein Engländer und ein Deutscher. Nun stehen sie zu dritt vor dem Henker. Als erster soll der Franzose hingerichtet werden, und immerhin wird er gefragt, ob er den Tod auf dem Rücken oder auf dem Bauch erwarten möchte. Auf dem Bauch, antwortet er, um den Kübel zu sehen, in den nachher sein Kopf rollen würde. Er legt sich bereit. Das Beil fällt, doch fünf Zentimeter über seinem Kopf bleibt es stecken. Somit ist der Mann gerettet, er kann aufstehen und gehen.

Folgt nun der Engländer, der ebenfalls gefragt wird, wie er liegen

möchte. Auf dem Rücken, sagt er, um ein letztes Mal zum Himmel hinaufzuschauen. Der Mann legt sich bereit, die Maschine wird in Gang gesetzt, das Beil fällt – und bleibt fünf Zentimeter über seinem Kopf hängen. Der Mann ist gerettet, er darf gehen.
Also wird der Dritte gefragt, welche Lage er wählen möchte. Der Deutsche holt tief Luft, und dann sagt er: Bringen Sie erst einmal Ihre verdammte Maschine in Ordnung!

Der alte Tóth ist gestorben, die Familie setzt sich zusammen, die Bestattungskosten sind schwindelerregend. Da rührt sich der alte Tóth und sagt: Hallo Kinder, zum Friedhof laufe ich doch zu Fuß hinaus.

Gilt nicht, sagt Hannes, das ist kein Witz, sondern ein altes Lied!

—

Hinten im Zimmer ist der Vorhang einen Spalt breit offen, so dass draußen ein beleuchteter Weg zu sehen ist, dort laufen ab und zu Mädchen in Petticoats vorbei und lachen. Vor dem Vorhang links im Zimmer sitzt meine Mutter auf einer Couch, vor der Couch steht ein niedriger Tisch mit zwei bequemen Sesseln, und vor dieser Installation geht mein Vater auf und ab. Er geht drei Meter in Richtung Fenster, dann wieder zurück. Meine Schwester sitzt neben meiner Mutter. Sie unterhalten sich schon seit einer Weile, ich bin erst hinzugekommen und stehe nun in der Tür.
Du hast diese Geschichte besser im Kopf, sagt mein Vater zu meiner Mutter. Du sollst sie erzählen.
Ja, meint sie zögernd, das war noch in Budapest, früher.
Im halbdunklen Nebenraum eines Restaurants sitzen drei Leute. Tuschelnd besprechen sie ihre mögliche Flucht, sie wollen hinaus,

raus, über die Grenze. Da kommt aus dem Restaurant ein Gast, schaut sich nervös um, findet sich nicht zurecht und ruft, dass er dringend raus müsse.
So einfach sei das nicht, zischen die drei, und bitte, nicht so laut.
Aber ihm sei es schon schlecht, sagt der Mann.
Ihnen auch, erklären die Sitzenden, nur müsse man sich zunächst um die Papiergeschichten kümmern.
Muss man die selber besorgen, ruft der Mann. Wie man alles erschwert!
Trotzdem sollte man ruhig bleiben. Und am besten wäre es, wenn man sich verkleiden würde, wenn er sich verkleiden würde, beispielsweise als Zwergtanne. Eine Zwergtanne falle kaum auf. Eine Heugarbe sei auch gut, sagt ein anderer. Man schreitet als kleine Heugarbe langsam weiter, das ist wirklich unauffällig, was das Entscheidende ist.
Da rennt der Eilige davon.

Wie man alles erschwert, wiederholt meine Schwester, und meine Mutter lacht.

Den anderen Sketch kann man nicht übersetzen, sagt sie, sie versucht es trotzdem.
Ein Mann geht auf eine Dame zu und überreicht ihr eine Nelke.
Die Frau zieht ein langes Gesicht, nein, ein blasiertes Gesicht. Da fragt der Mann: Reicht Ihnen die einzelne Blume nicht?
Richtig müsste es heißen, ist für Sie eine Nelke zu wenig? Wenigen Sie die Nelke? Oder besser noch …

Lass doch, unterbricht sie mein Vater, was nicht geht, geht halt nicht. Er bleibt vor dem Couchtisch stehen, streicht sich mit dem rechten Zeigefinger über die Nase, dann sagt er:

Tassilo trifft auf dem Margaretenring Achistid, der ein Pferd hinter sich herzieht. Erstaunt bleibt Tassilo stehen. Was willst du mit dem Pferd, fragt er. Frag nicht, so Achistid, hilf mir lieber. Also ziehen die beiden das Pferd zu zweit die Ringstraße entlang, und Tassilo fragt wieder, was das soll. Frag nicht, ruft Achistid, zieh weiter. Sie biegen links ab, es dauert eine Weile, bis sie vor Achistids Haus stehen, Tassilo fragt wieder, vergebens, dann gehen sie mit dem Pferd durch das hohe Haustor, ziehen und schieben das große Tier zwei Stockwerke hinauf in Achistids Wohnung, zerren es durch zwei Zimmer ins Bad und bugsieren es in die Badewanne.
Weißt du, erklärt Achistid schließlich, am Abend erwarte ich Gäste. Einer von ihnen geht sicher mal ins Bad, kehrt bestürzt zurück und ruft: Aber Achistid, bei dir in der Badewanne steht ein Pferd! Und dann sage ich: Na und!

Ein andermal – und das erzähle ich – wagt sich Achistid als Torero in die Arena. Er zieht den Bauch ein, streckt den Hals, hebt seinen Spieß, der Stier rast auf ihn zu, unmittelbar vor seinen Füßen stürzt er und streckt alle Viere von sich. Jubelgeschrei!
Tassilo erwartet den Freund am Ausgang der Arena, und bleich stammelt er, dass er an seiner Stelle sofort in die Hose geschissen hätte. Ach, meint Achistid gelassen, was meinst denn du, weshalb der Stier ausgerutscht ist!

Eines Tages, erzählt meine Schwester, geht Paul in eine Apotheke, sieht dort niemanden außer dem Besitzer, und der steht nackt hinter der Theke, mit einem Zylinder auf dem Kopf.
Warum stehen Sie nackt herum, fragt Paul.
Weil ja niemand kommt, meint der Apotheker.
Und warum haben Sie einen Zylinder auf dem Kopf?
Falls doch jemand kommt.

Meine Mutter wischt sich die Tränen aus den Augen, sie ist nah ans Wasser gebaut. Sie bittet um einen Kaffe, steht auf, zieht die Vorhänge ganz zur Seite und zeigt zu den Mädchen hinaus. Mein Vater setzt sich, und die Mama dreht sich uns zu. Sie sagt: Achistid erklärt dem Tassilo, wie er jeden ohne weiteres kritisieren könne. Neulich, erzählt er, habe ich meiner Sekretärin gesagt – aber ihr wisst, jetzt geht es um die Gestik, fügt meine Mutter hinzu – also sagt Achistid zu seiner Sekretärin: Aniko, meine Liebe,

telefonieren können Sie nicht,
von der Rechtschreibung haben
Sie keine Ahnung, und Sie
sind so vergesslich, dass ich
die Wand hochgehen könnte.

Aber Sie haben schöne Beine.

Oder erst gestern sagte ich zu unsrem Freund Otto: Was hast du dir für einen Wagen angeschafft!

Eine Blechkiste,
einen Benzinschlucker,
blitz wüst von der Farbe her!

Aber er läuft gut.

Am nächsten Tag berichtet der strahlende Tassilo, nun habe er auch mit seiner Sekretärin gesprochen. Liebe Alice, so habe er begonnen,

telefonieren können Sie nicht, mit meinen Klienten können Sie nicht umgehen, Sie vertippen sich ständig,

aber Sie laufen gut.

—

Annchen ist fünfzehn und will zum ersten Mal im Leben zu einem Straßenfest, zu einem Maienball. Da sagt ihr die Mutter: Annchen, du weißt, du bist hübsch, also musst du erst recht aufpassen. Bestimmt wird ein junger Mann auf dich zukommen, der macht dir schöne Augen, tanzt mit dir, hinterher lädt er dich zum Tee ein, zu sich nach Hause, und am Ende legt er sich auf dich. Dann aber, das musst du wissen, dann weint die Mama!

Am nächsten Morgen sagt Annchen glücklich: Mama, du bist wunderbar, alles hast du im Voraus gewusst. Gleich zu Beginn kam ein junger Mann auf mich zu, der sah großartig aus, und wie er mich anschaute, und wie er tanzte! Nachher hat er mich zum Tee eingeladen, zu sich nach Hause, aber weißt du, dann habe ich mich auf ihn gelegt! Soll doch seine Mutter weinen!

—

Mitten in der Stadt geht ein Mann auf einen anderen zu, bleibt stehen und sagt erstaunt: Johann, wie du dich verändert hast! Das ist schier nicht zu fassen. Früher warst du braun, jetzt bist du blond, früher warst du irgendwie kleiner, dicklicher, jetzt wirkst du groß, du hast wohl abgenommen!
Entschuldigung, unterbricht ihn der andere, ich heiße nicht Johann.
Du meine Güte, so Ersterer, jetzt heißt du nicht einmal mehr Johann!

Von einem Tag auf den anderen schielte sie und war alt. – So gesagt ist das leider nicht witzig.

Er quoll zu den Augen heraus. – Das ist auch nicht witzig.

Seit fünf Tagen habe ich keinen Witz mehr gehört, außer dass der Mann, der im Bus neben mir saß, über den Fahrer lästerte und dabei lachte. Mit mir hatte er Pech, ich habe nicht mitgelacht.

Und was mich persönlich betrifft: Perdon, signori miei, quello io non sono!

—

Zum Frühstück tranken wir in Verona Sekt, obwohl mir vom Sekt sonst beinahe schlecht wird, aber neben Hans hatte ich keine Probleme mit dem hellen, nervösen Getränk.

Im Hotelzimmer öffnete er beide Fensterflügel, und mit dem Glas in der Hand rief er zur Straße hinab: Auf zu dem Feste, froh soll es werden, bis meine Gäste glühen vor Wein. Tanzen lasse sie wild durcheinander, hier Menuette, da Sarabanden, dort Allemanden, ordne die Reihn. Er sagte das sehr schnell auf Italienisch.
Ah, die Champagner-Arie, riefen die Leute in Verona zu uns herauf.
Kurz zuvor hatten wir über eine alte Stuttgarter Inszenierung gesprochen, wo Don Giovanni, der geliebte, gefürchtete, mozartsche Mann, mit seiner Arie allein vor den Vorhang getreten war, vor einen rasch herabgelassenen Zwischenvorhang, eine riesige Alufolienfläche oder dergleichen, in der sich alle Zuschauer spiegelten. Glänzend stand der Don nach dem Geschmack des achtzehnten Jahrhunderts gekleidet vor der wirklichen und der gespiegelten, leicht verzerrten Zuschauermenge, was an sich schon ein Fest war, und ihnen allen rief er mit erhobenem Champagnerglas zu: Fin ch'han dal vino calda la testa, una gran festa fa' preparar.

Einen besseren Witz kenne ich nicht, obwohl ich bei dieser Szene nicht lachen muss. Sie gefällt mir einfach.
Ihm auch, sagte Hans, deshalb hatte er das Fenster geöffnet, deshalb begann er zu singen. Seit jenem Morgen heißt er Giovanni. Er gurrt (spricht südländisch), wenn ich ihn so nenne.

Ich war damals mit einem Basler Journalisten verabredet, der bei dieser Fensterszene gerade auf unser Hotel zugeschritten kam. Hernach schrieb er in seinem Artikel, dass er mich mit einem Reisebegleiter angetroffen habe. Quasi mit einem Fremden.

Wie kam er zu dieser Untertreibung?

—

Genauer gesagt trug es sich in Verona vor einem Jahr folgendermaßen zu.

Ein Festtag in der Stadt. Der Basler Journalist kommt zu früh zu unserer Verabredung, empfangen wird er von Giovanni in einem schillernd grünen Morgenrock, während ich mich unter der Bettdecke verstecke.

Die beiden Männer stehen zunächst am Fenster im Morgenlicht, und Giovanni erklärt dem Fremden unser Coming out, Comin' out. Dass wir nämlich in der Früh einander täglich Witze erzählen. Wenn wir zu Hause sind, kochen wir abwechselnd den ersten Kaffee, bringen ihn ans Bett und erzählen einander Witze, erläutert er.

Sie heißen tatsächlich Giovanni, fragt der Journalist ungerührt. Giovanni nickt.

(Falls man diese Geschichte in Verona mit der Oper »Don Giovanni« verknüpfen will, ist es falsch, wenn es Giovanni ist, der nickt. Zu nicken hat nämlich der Komtur, beziehungsweise die steinerne Statue des ermordeten Komturs. Ein fürchterliches, bedrohliches Nicken ist das, mit Witzen hat es nichts zu tun. Man müsste abgebrüht sein, um eine finster blickende, nickende Statue lustig zu finden. Die Hotelszene in Verona erinnert aber nur flüchtig an Mozarts Oper, die ohnehin niemand kennen muss, auch wenn sie die beste aller Opern ist.)

Giovanni holt ein drittes Glas aus der Minibar, schenkt etwas Sekt ein, dann setzen sich die beiden Männer an den kleinen Tisch, der vor dem Fenster in der Ecke steht. Der Basler nimmt einen Schluck, holt seinen Notizblock hervor, schaltet sein Aufnahmegerät ein und sagt: Ich notiere.

Gut, sagt Giovanni, lehnt sich zurück und erzählt:
Ein Bauer geht mit seinem Esel und seinem Hund in der sengenden Hitze durch eine öde Landschaft in Spanien. Plötzlich bleibt der Esel stehen, der Bauer versetzt ihm einen Peitschenhieb, dann einen zweiten Peitschenhieb, aber anstatt weiterzugehen, wendet ihm der Esel den Kopf zu und sagt laut, dass er müde sei und völlig erschöpft. Da lässt der Bauer die Peitsche augenblicklich fallen und rennt so schnell er kann davon, der Hund ihm hinterher, und erst, als der Mann keine Puste mehr hat, setzt er sich auf die bloße Erde. Na, sagt der Hund neben ihm, der Esel, der hat dir vorhin einen ganz schönen Schrecken eingejagt, eh?

Eh, wiederholt Giovanni, aber äh wäre besser, und noch besser wäre ein kurzes Ä.

Soll ich noch etwas aufschreiben, fragt der Basler.

Ja, schreiben Sie, das Folgende könnte passen.
Im Waadtland besucht ein Journalist einen Landwirt, streckt ihm

das Mikrophon entgegen und beginnt mit dem Interview: Wie steht es dieses Jahr mit Ihren Schafen?
Ich bin zufrieden, sagt der Befragte. Das Fell ist in Ordnung, es wird einen guten Käse geben, denn die Milch ist hervorragend, vor allem bei den Weißen.
Und bei den Schwarzen?
Auch, auch!
Und mit den Ziegen, Herr Bauer, wie steht es mit denen?
Gut, sehr gut, sie gedeihen. Vor allem die Weißen.
Und die Schwarzen?
Auch, auch.
Nach den Kühen würde ich Sie noch gern befragen.
Na ja, sagt der Bauer, man soll nicht angeben, aber die Milch ist dieses Jahr von der Quantität her und auch von der Qualität her bestens, vor allem bei den Weißen.
Und bei den Schwarzen?
Auch, auch.
Dann bedanke ich mich für das aufschlussreiche Gespräch, aber eine Frage habe ich noch. Warum sagen Sie immer *vor allem bei den Weißen*?
Weil – die gehören mir.
Und die Schwarzen?
Auch, auch.

Der Basler notiert einige Zeilen. Als er dann den Kopf hebt, wortlos, mische ich mich ein und erzähle vom Bett aus:
Der Buschauffeur fährt mit sechzehn oder zwanzig Kindern zur Schule. Vorne sitzen die Weißen, hinten die Schwarzen. Diese Sitzordnung stört den Fahrer längst schon, und nun hält er bei einem Park an, es ist noch Zeit genug für eine Pause. Zu den Kindern sagt er, dass sie aussteigen können, sie können kurz spielen, und jetzt

seien sie alle miteinander einfach grün. Nach einer Weile ruft er sie zum Bus zurück. Einsteigen bitte, sagt er. Vorne die Hellgrünen, hinten die Dunkelgrünen.

Weil vorhin vom Waadtland die Rede war, gehöre auch der Schäfer hierher, der Schweizer Schäfer, meint Giovanni.
Gerade betrachtet der Mann seine riesenhafte Herde, als ein Spaziergänger neben ihm stehen bleibt.
Darf ich Sie stören, fragt der Fremde.
Sicher, sagt der Schäfer.
Wenn ich auf Anhieb errate, wie viele Schafe Sie haben, bekomme ich dann eines von ihnen?
Ja, sicher. Wie viele sind es denn?
Hundertneunundachtzig.
Genau, ruft der Schäfer anerkennend. Sie können sich in aller Ruhe eines der Tiere aussuchen.
Der Fremde mischt sich unter die Herde, kurz darauf ist er mit einem Wollknäuel in den Armen wieder beim Schäfer angelangt.
Der blickt ihm tief in die Augen.
Wenn ich errate, woher Sie kommen, geben Sie mir dann mein Tier zurück, fragt er.
Und woher komme ich, fragt der Fremde.
Aus Österreich.
Und woher wissen Sie das?
Sie haben meinen Hund herausgeholt.

Der Journalist wirft einen Blick auf seine Armbanduhr. Zehn Minuten noch, sagt er traurig.

Nun, fährt Giovanni fort,
ein Journalist geht auf einen alten Schäfer zu und erklärt ihm, dass

nach Ansicht der Psychologie jeder und jede durch die jeweilige Umgebung verändert werde. Er, der Schäfer, sei seit vielen Jahren mit seinen Lämmern und Schafen beisammen. Hat er sich durch diese Umgebung verändert? Der Schäfer denkt nach und meint schließlich: na-a-a-a-ain.

Meinerseits frage ich noch, ob unser Besucher wüsste, warum die Burgenländer immer Buchstaben in den Neusiedler See werfen. Dann antworte ich gleich selber: Damit auch sie einen Wörthersee haben.

Die Zeit ist um, der Basler steht auf, packt seine Sachen ein, legt sich seinen Schal um den Hals, und nachdem er gegangen ist, ziehen wir uns an, räumen kurz auf und gehen in die Stadt.

—

Kurz vor Mittag öffnet das Zimmermädchen das Fenster, bezieht die Kopfkissen neu, wischt Staub, und bevor sie den Baderaum aufräumt, sieht sie einen Papierstapel und zwei lose Blätter auf meinem Nachttisch. Mit den beiden Blättern setzt sie sich an den kleinen Tisch in der Ecke und liest:

»Als der liebe Gott die Welt erschaffen hatte, meinte er, dass es für die Menschen drei Haupteigenschaften geben sollte. Ehrlich sein, klug sein und Kommunist sein. Dann dachte er, dass ein einzelner Mensch höchstens zwei dieser wichtigen Eigenschaften verdiene. Daher ist derjenige, der klug ist und ein Kommunist, nicht ehrlich, der ehrliche Kommunist ist nicht klug, und wer klug und ehrlich ist, ist kein Kommunist.

So weit der Witz, der mir aus Ungarn bekannt ist, aus den vorrevolutionär grauen Zeiten.

Inzwischen ist mir allerdings aufgefallen, dass viele nur über eine dieser geschätzten Charakterauszeichnungen verfügen, ich habe nämlich zwei oder drei Personen kennengelernt, die waren Kommunisten und basta, nichts weiter.

Erwähnenswert ist außerdem ein Kinobesuch. In den achtziger Jahren sah ich Klaus Manns Roman »Mephisto« in der Verfilmung von István Szabó, ein Hochgenuss der erschütternden Art, ein Film über Gustav Gründgens, mit Klaus Maria Brandauer in der Hauptrolle. In diesem Film erzählt jemand, dass der liebe Gott einer Einzelperson von den drei möglichen Haupteigenschaften jeweils nur zwei Eigenschaften zugebilligt habe. Entweder ist jemand klug und ein Faschist oder ehrlich und ein Faschist oder ehrlich und klug.

Ich müsste nachlesen, ob die himmlische Idee schon in Klaus Manns Roman steckt, oder ob István Szabó oder jemand in seinem ungarischen Umfeld den alten Witz für den Film passend umgesetzt hat.

Auf alle Fälle muss ich annehmen, dass der liebe Gott in Wirklichkeit die folgende Dreiermischung im Sinn hatte: Entweder ist jemand ein kluger Opportunist oder ein ehrlicher Opportunist – oder und so weiter. So klar formuliert ist die Idee erst recht stimmig, allerdings nicht mehr witzig.«

Während das Zimmermädchen nach wie vor in der Ecke sitzt, allerdings unruhig, weil sie Zeit verloren hat, liest sie auf dem zweiten Blatt:

»Der liebe Gott und sein Sohn spielen miteinander Golf. Gerade hat der Sohn ausgeholt und den Ball so prächtig angestoßen, dass der über eine weite Strecke schnurgerade auf das Loch zurollt. Zehn Zentimeter vor dem Ziel bleibt er liegen, ein Hase hüpft herbei, schnappt den Ball, ein Adler stürzt herbei, ergreift den Hasen und fliegt mit ihm rasch in die Höhe, unmittelbar darauf kommt ein Gewitter auf, ein Blitz trifft den Adler, der lässt den Hasen fallen, der seinerseits den Ball fallen lässt, der mitten im vorgesehenen Loch landet.
Der liebe Gott hüstelt und fragt heiser: Wollen wir herumalbern, oder spielen wir jetzt Golf?«

—

Im Schlafwagen liegt unten ein Deutscher, über ihm ein Pärchen. Der Mann oben flüstert: Wem gehört dieses süße Popochen, ach, wem denn gehört dieses wunderbare Popochen, wem nur, wem gehört dieses herrliche, herrliche Popochen!
Da ruft der Mann im unteren Bett: Wann wird endlich festgestellt, wem dieser Arsch gehört.

Ein Deutscher sitzt im Zug, ihm gegenüber eine junge Frau. Schönes Wetter heute, sagt der Mann freundlich.
Ja, erwidert sie.
Und er darauf: Genug diskutiert, ziehen Sie sich aus.

Zwei Männer sitzen im Zug einander gegenüber. Einer der beiden lacht immer wieder.
Worüber lachen Sie, fragt sein Gegenüber.
Ich erzähle mir Witze.

Der Zug fährt weiter, und der ehemals Lachende winkt nun wiederholt wegwerfend ab.
Was ist jetzt los, fragt der andere.
Jetzt habe ich mir Witze erzählt, die ich schon kannte.

Im Zug sitzt ein Blinder. Soeben ist ein Mann zugestiegen, er setzt sich, macht es sich bequem, holt eine Flasche aus seinem Rucksack, gießt aus der Flasche ein wenig in einen durchsichtigen Becher und fragt den Blinden:
Möchten Sie etwas Milach?
Ich weiß nicht, was Milach ist, meint der Blinde.
Milach ist weiß.
Ich weiß nicht, was weiß ist.
Weiß ist wie Schnee.
Ich weiß leider nicht, wie Schnee ist.
Schnee ist weiß wie ein Schwan.
Ich weiß nicht, wie ein Schwan ist.
Da hebt der andere den rechten Arm, knickt den Arm am Ellbogen ein und macht so:

Der Blinde betastet die Hand und ruft: Jetzt weiß ich, was Milach ist.

Im Zug sitzt ein Mann, er hat ein Reiseplaid über die Beine gelegt und schaut zum Fenster hinaus. Nach einer Weile fragt sein Gegenüber: Entschuldigen Sie, onanieren Sie gerade? Ja, meint der Gefragte. Auf der Reise immer.

—

Im wackligen Verbindungsbereich zwischen zwei Eisenbahnwagen steht jemand, er ist nur undeutlich zu erkennen. Dann wird im alten Zug die Doppeltür auseinandergeschoben, und herein tritt der Hofnarr. Er ist grün gekleidet. In den Seidenkragen seines Gewandes steht das Wort *Hofnarr* eingestickt.

Gleich darauf schiebt sich ein zweiter Mann aus dem Verbindungsstück hervor und bleibt stehen. Dieser Mann ist der Zugpsychologe, er trägt eine dunkelgraue Schildmütze.

Sekunden später hört man ein eisernes Kreischen, ein Stottern und Stolpern aller Eisenteile in der Zugkomposition, womöglich hat jemand die Notbremse gezogen, es geht um einen Personenunfall, an accident involving injuries. Der Zugpsychologe rückt seine Dienstmütze zurecht, den Unfall hat er seit Tagen gewissermaßen erwartet, denn abgesehen vom Ohnmachtsanfall einer älteren Frau, bei dem es um eine vorgespielte Ohnmacht ging, hatte er nichts zu tun.

Nun will er am Hofnarren vorbeiziehen, und die beiden gegensätzlichen Männer schauen einander kurz an. Heute (heutzutage) sind sie entgegengesetzte, konträre Seelenbetreuer.

Der mit der Mütze will unverzüglich zum Zugführer gelangen. Warum ist er ausgerechnet jetzt so weit hinten, jetzt, wo er dem Lokführer beistehen und ihm zureden sollte. Zugleich fällt ihm ein, dass die Psychologie am Ausbleichen ist, ernst genommen ist sie bereits bleich, veraltet. Heute kann man die alten Kassettenrekorder wegwerfen, die älteren Computer kann man ebenfalls wegwerfen, mittlerweile kennt jeder das Problem mit den nicht mehr gültigen, überholten, nutzlosen Geräten, und die Psychologie ist auch so ein Gerät, sagt er sich.

Er ist am Hofnarren doch nicht vorbeigezogen, die beiden stehen nach wie vor nebeneinander, sie betrachten sich gegenseitig, wobei es sich natürlich nur um Sekunden handelt. Das Kreischen wird inzwischen im unmittelbaren Hintergrund noch lauter.

Die zwei vor der Schiebetür blicken zurück und sehen, dass sie sich mit einem Mal im letzten Waggon befinden, die hintere Zugkomposition hat sich abgekoppelt und liegt still in der weiten Landschaft. Ansagen bleiben aus.

Auf alle Fälle ging es diesmal nicht um einen Personenschaden.

Unzählbare Zuggeschichten, sagt der Hofnarr.

—

Auf der Bühne steht links eine Couch, davor ein niedriger Tisch, meine Mutter ist gerade dabei, zwei klobige Sessel an die hintere Wand zu schieben. Diese hintere Wand stellt ein großes Fenster dar.

Von rechts tritt meine Schwester ein. Dann komme ich, nach mir mein Vater. Wir sind zu viert auf der Bühne.

Mein Vater geht auf und ab, streicht sich mit dem rechten Zeigefinger über die Nase, der Daumen liegt unter dem Kinn, so sieht er aus, wenn er nachdenkt. Nach einer Weile bleibt er stehen und erzählt von einem Clown.

Der hatte die Lacher seit jeher auf seiner Seite, sobald er in seinem gestreiften Sakko in der Arena stand. Er verneigte sich, und gleich darauf begann ein Ferkel zu quieken, das wohl in seinem Sakko steckte und herausspringen wollte. Der Alte war geschickt, ihm konnte das Ferkelchen nicht entwischen, nur quiekte es immer lauter, bis der Clown sein Sakko öffnete. Und da war nichts, gar nichts, weder ein Ferkel noch sonst ein Tier.
Eines Tages, als der alte Clown erkrankte, kam ein jüngerer als Ersatz in die Arena. Er verbeugte sich hübsch, wieder war ein lautes Quieken zu vernehmen, und bald darauf schaute ein echtes Ferkel aus seiner Jacke hervor.
So war es, sagt er, mein Vater, und unvermittelt wirft er sich in einen der beiden Sessel. Offenbar ärgert er sich, wobei er selten verärgert aussieht, in solchen Fällen ist er allerdings nicht nur verstimmt, sondern wütend, und nun sitzt er wütend und versteinert in dem Sessel.

Meine Mutter lacht, und auch das wirkt nicht angenehm. Sie sagt: Du brauchst überhaupt nicht zu reden, es ist sinnlos. Schau, das Mikrophon ist ja defekt. Sie klopft auf das stumme Mikrophon, das auf dem Couchtisch steht.

Er winkt ab, überhört sie unhöflich. Sie verlässt die Bühne.

Der Vater murmelt oder stammelt:
Erst erzähle ich irgendeine Geschichte, dann rede ich von einem Trauerspiel oder von einem mehr oder minder heiteren Ereignis, von der Begebenheit mit dem Pferd, das drei Tage versuchsweise nichts zu fressen bekommt und dennoch eine gute Figur macht, am dritten Tag aber plötzlich tot umfällt, oder ich rede von dem Idioten mit seiner Gummischleuder oder vom guten Gott, der die

Eigenschaften erfindet, und kurz darauf finde ich die gleiche Begebenheit leicht variiert von Dickens, von Cervantes oder von Horaz bestens beschrieben, wahrscheinlich auch von Aristophanes und Plato.

Beispielsweise erzählt Sokrates einem schönen Knaben: Eines Tages ist die gesamte Erde verwüstet, überall liegt Staub, nichts als Staub.

Ja, antwortet der (ungefragte) Knabe. Überall liegt nichts als Staub.

Nun aber, so Sokrates weiter, regt sich der wüstenhaft sandige Boden, es entsteht ein Loch, die Erde bricht auf, sackt ein, und aus der frischen Grube steigt ein Mann ans Licht. Wer ist dieser Mann?

Wer ist dieser Mann, sagt der Jüngling.

Es ist Lenin. Denn, schöner Jüngling, Lenin lebte, Lenin lebt und Lenin wird leben.

Das wird niemand verstehen, meint meine Schwester, und ich pflichte ihr zu.

Wer um alles in der Welt soll das nicht verstehen, ruft mein Vater laut, obwohl er nicht mehr wütend ist. Diese Geschichte werde ich sicher niemandem zu erklären versuchen. Wenn Sokrates nicht Lenin im Sinn hatte, und warum sollte er ausgerechnet ihn im Sinn gehabt haben, dann spottete er halt über einen unfehlbaren Bürger in Athen oder über sonst jemanden.

Der Vorhang fällt, ein dunkelgrüner Vorhang, zufällig wird er wieder hochgezogen, und mein Vater sagt, zu wem auch immer: Inwiefern würde ich mich gegen Sokrates richten, wenn ich hervorhebe, dass er längst vor mir das erzählt hat, was ich heute sage, und was ohnehin nicht von mir stammt. Nein, auffallend ist, dass meine heutigen Nacherzählungen, die ich von irgendwoher kenne, uralte, gut vergorene, mittlerweile zurechtgezupfte und längst nicht kaputte Überlegungen sind.

Ah, jetzt geht es euch wieder gut, ruft meine Mutter. Schnell kommt sie aus der linken Tapetentür bis zur Bühnenmitte. Dann fällt wieder der Vorhang, niemand hat die Möglichkeit zu klatschen, gleich darauf wird der Vorhang wieder hochgezogen, die Maschinerie ist kaputt, ähnlich wie die der Guillotine, falls man sich erinnert.

Meine Mutter hat, während sie draußen war, etwas Rouge nachgetragen, jetzt nimmt sie ihre Brille ab und fragt, ob wir vielleicht Judenwitze erzählen wollen.
Oder Zigeunerwitze, fragt meine Schwester.
Mein Vater brummt wohlig in sich hinein. Am Ende ist er ein australischer Beutelbär.

Der Kohn wird verurteilt, sagt meine Mutter, er muss sich bei Schwarz entschuldigen. Also sucht er Schwarz auf und läutet an der Wohnungstür. Als Frau Schwarz die Tür öffnet, fragt er, ob da die Familie Weiß wohne. Aber wo, sagt die Frau erstaunt, du weißt doch, mein Mann heißt Schwarz, und so heiße ich auch.
Dann bitte ich um Entschuldigung, sagt Kohn und eilt davon.

Der alte Kohn geht zum Rabbiner und erzählt, erzähle ich, er sei achtzig Jahre alt, habe vor einem Jahr eine junge Frau geheiratet und nun erwarte sie ein Kind. Achtzehn Jahre alt sei seine Frau.
Der Rabbiner denkt nach, und nach einer Weile sagt er: Lieber Kohn, wenn das Kind von dir ist, ist das ein Wunder. Wenn aber das Kind nicht von dir ist, ist das ein Wunder?

Und was den Zigeuner anbelangt: Er wollte seinem Pferd das Fressen abgewöhnen. Drei Tage klappte alles bestens, aber ausgerechnet am vierten Tag musste der Gaul verrecken.

Ein Zwölfjähriger kommt von rechts auf die Bühne, ein Sängerknabe. Er sagt, jetzt sei er an der Reihe, er habe lang genug gewartet.

—

Manchmal ist Johann endlos trist, und in solchen Fällen hat er tiefbraune, beinahe schwarze Augen. Er sieht dann schwarz, spricht kaum und wirkt wie der schönste Trauermensch.

Neulich mussten wir in München umsteigen, im Vorbeigehen kaufte er am Bahnhofskiosk eine Tageszeitung, und nachher ärgerte er sich sowohl über die Nachrichten als auch über den Ton der Berichterstattung. Bald darauf, im Zug in Richtung Salzburg, brüllte ein Mann, statt normal zu reden. Er saß zwei Sitzreihen von uns entfernt, trotzdem musste ihm jeder zuhören. Da sank Johann in ein Trauerloch, und ich fiel hinterher.

Nach einigen Minuten, in denen das lärmende Gerede nicht abebben wollte, sagte Johann keineswegs leise, dass er, falls sein Kopf nun explodieren sollte, keine andere Erbschaft hinterlasse als seine Witze.

Auch die nicht, sagte ich, die Witze hast du nur, solange du sie erzählst.
Dann muss ich sie halt aufschreiben. Oder ich diktiere sie dir, sicherheitshalber gleich jetzt.

Ich hole meinen linierten Block aus der Handtasche, gerade rollte die Minibar vorbei, wir erhielten je einen hellen Kaffee im Pappbecher, und was mir Johann überaus laut vorsagte, schrieb ich mit.

Nehmen wir an, es gibt nur noch Zuggeschichten, wenn wir schon hier sitzen müssen, sagte er.

Im Schlafwagen liegt in der unteren Koje ein Mann, und als es von oben auf ihn herabtröpfelt, ruft er zur oberen Liege hinauf: Ist das Whisky?
Nein, sagt der Mann oben, das ist Foxy.

Auch ein Witz ist eine Erzählung, und es gibt keine Art der Erzählung, die man nicht kaputt machen könnte.

Irgendein Hans erzählt, der folgende Witz sei herrlich, zum Totlachen, sagt er und lacht. Den habe er in Regensburg gehört. Ein Mann steigt in den Zug ein, sagt er und lacht. Da kommt er, steigt ein, und jetzt weiß ich nicht, wie es weitergeht, sagt er und lacht. Dann fragen Sie halt Radio Eriwan, rät ihm sein Gegenüber.

Oder, wobei das keine bedeutende Variante ist: Hans sagt, der Witz, der sei zum Totlachen, und erzählt ihn diesmal zu Ende, während er ständig lacht.

Dann erzählt Hans den Witz von dem Mann, der sich ein Ticket für den Schlafwagen gekauft hat, keuchend kommt er mit dem Koffer an, findet die richtige Kabine, stellt den Koffer ab, und Hans schmückt den Witz noch weiter aus. Daher putzt der Fahrgast zunächst die Zähne, packt die Zahnbürste wieder weg, zieht sich bis aufs Unterhemd und die Unterhose aus, legt sich hin, deckt sich zu, und im Bett merkt er bald oder nach einer Weile, dass es von oben herabtröpfelt. Ist das Whisky, fragt er. Draußen geht der Schaffner vorbei, der Zug rattert, wieder fällt ein Tropfen vom oberen Bett auf ihn herab, denn oben liegt ein weiterer Fahrgast. Der lag schon dort, als der andere die Schlafkabine betreten hatte. Und der da oben sagt, nein, das ist Foxy.

Ein anderer Hans sagt, den habe er von Joachim, er habe sich gekringelt vor Lachen. Ein Mann betritt im Zug die Schlafkabine, oben liegt schon einer und hat über seinem Bett noch das Licht an, der neu Angekommene legt sich hin, in das untere Bett natürlich, er liest eine Weile eine Zeitung, und zwischendurch tropft es von oben gelb herab, die Zeitung bekommt einige Flecken ab, aber die Seiten sind nicht interessant, und übrigens liest er nur die Inserate. Dann tropft es wieder, und der unten Liegende fragt, ob es sich um Whisky handle. Nein, sagt der Mann im oberen Bett, das ist nicht Whisky, sondern Foxy, mein Hund, der liegt neben mir, und er beißt nicht.

Und dann erzählte Juan diese Geschichte zehn Minuten lang, ohne an ein Ende zu gelangen, denn er berichtete in aller Ruhe, woher der oben Liegende stammte und woher der unten Liegende gekommen war, zwischendurch zappelte der Hund unruhig und wäre schier von oben herabgesprungen, wobei er sich das Genick gebrochen hätte.

Da schrieb ich nicht mehr mit. Der laute Redner zwei Reihen weiter schwieg. Johann sprach nicht mehr laut. Zur Strafe aller hatte er seine Wut in einen verschleppten Roman umgewandelt.

—

Die Geschichten von Spinnen, die sich unter die Haut einnisten, seien moderne Spukgeschichten, sagt man, was durchaus sein mag, allerdings gehören die Zecken zur Familie der Spinnen, und die haben durchaus Gefallen an der menschlichen Haut. Die kleinsten Spinnentiere, die Milben, sind besonders aufdringlich, zudem sind sie mit ihren zahlreichen Unterarten noch längst nicht erforscht.

Die Männchen mancher Spinnenarten füllen ihre Bulbi (Kolben, Knollen) in den Pedipalpen an ihrem eigenen Geschlechtsorgan oder an selbst gewebten Spermatophoren. Die Bulbi werden bei der Paarung in die Epigastralfurche der Weibchen eingeführt.

Fürchterliche Furchen.

Der Zürcher Klavierlehrer sagt, seine Schwester habe in Afrika vor einem Konzert eine weiße Seidenbluse angezogen, habe sich vor einem großen Spiegel gekämmt und sich zwei schwarze Punkte neben der Nasenwurzel wegkratzen wollen, da hatte sie Schorf unter dem Fingernagel, und aus der Haut seien Spinnen vorgekrochen, unter der Blusenmanschette war eine weitere schwarze, sozusagen reife Stelle.
Das soll ich nicht glauben, heißt es.

Wenn ich aber erzähle, dass ich in den ersten vier Grundschuljahren eine Turnhalle von innen nur alle Schaltjahre gesehen hatte (das ist untertrieben, aber öfter als zehnmal war es sicher nicht; wir hatten nämlich keine eigene Turnhalle), wenn ich das erzähle, glauben alle, das sei ein Witz.

Vielleicht nimmt man mich nicht ernst, weil ich über die kümmerliche, unsportliche Geschichte lachend rede, aber warum sollte ich über einen ertragbaren Mangel nachträglich zu jammern beginnen. Kein Mensch kann über die Vergangenheit ständig jammern!

Wahr ist auch, dass wir in der zweiten Klasse, als wir das große Einmaleins auswendig lernten, dem Lehrer alle ein Säckchen mit je hundert Bohnen mitbringen mussten, mit braunen Winterbohnen. Er sammelte die Säckchen ein, legte außer einem Beutel alle in seine alte Ledertasche, dann warf er den auserwählten Beutel einem von uns zu und rief dabei *sieben mal zwölf,* oder er rief *neun mal vierzehn*! Wer das Säckchen zugeworfen bekam, musste schnell fangen und gleichzeitig antworten! Damit gab es über das Kopftraining hinaus eine Art Sportunterricht.

Ein anderes Mal sagte der Lehrer, wir würden in der nächsten Stunde das Ei des Kolumbus durchnehmen, und daher sollte jeder ein Ei zum Unterricht mitbringen. Nach der Stunde, und nachdem schon alle das Klassenzimmer verlassen hatten, schlich Fritzchen zu ihm hin und entschuldigte sich. Sie hätten zu Hause keine Eier. Macht nichts, tröstete ihn der Lehrer. Dann bringst du Butter mit.

Nehmen wir an, es gibt nur alte Schulgeschichten.

In der ersten Klasse hatten wir eine Lehrerin, und schon damals stand Fritzchen im Mittelpunkt. Er sollte mit dem Einmaleins beginnen. Wie aus der Pistole geschossen kam die Antwort: lalalalaa, lalalalaa, lalalalaa.
Was soll denn das, rief sie.
Und der kleine Fritz: Leider weiß ich nur die Melodie, den Text hab ich vergessen.

Einmal kam er, Fritzchen nämlich, eine halbe Stunde zu spät zum Unterricht. Er sagte, in der Früh sei der Briefträger gekommen und hätte mit seiner Mutter und ihm Cognac getrunken.
Um Himmels willen, rief der Lehrer, bist du denn nicht gleich ins Bett gefallen?
Ich nicht, so Fritzchen, aber die Mutter und der Briefträger.

Wenn man sich in der Schule verspätet, soll man nicht behaupten, dass erstens die Straßenbahn entgleist sei und dass man sich zweitens vor einem entsprungenen Tiger mit knapper Not hätte retten können, schrieb Esterházy, hier frei zitiert.

Fritzchens Vater wurde zum Klassenlehrer bestellt. Der Lehrer hatte tags zuvor den Jungen nämlich gefragt, wer den »Faust« geschrieben habe, und Fritzchens Antwort hieß: Ich nicht, Herr Lehrer.
Der Vater senkte den Kopf und meinte, sein Sohn sei ein Strolch, das schon, aber er lüge nie. Wenn er behaupte, das Stück nicht geschrieben zu haben, dann ist es halt so.

Nun fragen manche, ob es Fritzchen wirklich gibt, oder ob ihn jemand erfunden hat, und ich meine, dass es ihn geben muss. Was hätte es für einen Sinn, wenn es ihn nicht geben würde. Es gibt nur, was es gibt. Alles andere ist erfunden, und von dem, was erfunden wird, gilt nur, was es auch ohne Erfindung geben könnte.

—

Eine Freundin in Budapest war schwindelfrei im Fremdgehen, und als sie, noch in ihrer ersten Ehe, zu einem Rendezvous verabredet war, hatte sie ihrem Mann erklärt, sie sei mit der Hausangestellten

Maria zu Besuch bei deren kranken Mutter im Krankenhaus. Beim Abendessen saßen sie zu dritt am Tisch (schöne Szene, das junge Paar und die Hausangestellte bei der gemeinsamen Mahlzeit), und die Freundin fragte Maria, wie es ihrer Mutter denn gehe. Da bekam sie unter dem Tisch einen Tritt. Sie aßen weiter, und nach einer Weile fragte die Freundin, wer alles im Krankenhaus gewesen sei. Wieder ein Tritt unter dem Tisch. Ach ja, rief sie, Sie waren dort und ich und Ihre Cousine, die Luise.

Die schwindelfreie Freundin war schön blondiert und hatte eine Stupsnase, wie sie sich beglückt zu beschreiben pflegte. Im Strandbad hatte sie einen braungebrannten jungen Mann kennengelernt und ihn zum Tee eingeladen, zum Fünfuhrtee. Nun saßen sie in der sommerlichen Wohnung beisammen, gerade hatte sie erfahren, dass der neue Bekannte ein versierter Schornsteinfeger sei, als plötzlich der Ehemann im Zimmer stand. Der Bekannte vom Strand erhob sich, sich verneigend sagte er Adieu, verließ den Raum und verschwand in der Toilette.

Der alte Onkel aus Amerika namens John stieg neulich im Hotel Astoria ab, und am nächsten Morgen traf er im Schlafanzug im Frühstücksraum ein, weil er grundsätzlich im Pyjama frühstückte.
Seine Nichte, etwa fünfzig Jahre alt, in Shorts und auf hohen Absätzen, sah ihn schon von der Tür aus und blieb dort stehen.

Hast du den Witz auch schon erlebt?
Nein, noch nicht.

Ein Mann kam den Gehweg entlang, mit einer großen Gurke unterm Arm.

Wie der Witz weitergeht, weiß ich nicht.

—

Vor einigen Jahren war Hannes eine ganze Weile nicht trist, sondern unleidlich. Damals fuhren wir durch das Burgund, und am besten sollte ich diese Reise vergessen.
Zwischendurch ging ich allein durch die leicht ansteigenden Weinhänge und sah wiederholt sonnige Plätze, kleine Ausbuchtungen zwischen den Reben, dort standen Tische, alle waren mit Flaschen und Gläsern bestückt, und meist wartete ein Mann oder eine Frau auf die Vorbeigehenden, um eine Kostprobe anzubieten. Als mir eine schwarz gekleidete ältere Frau ein Glas Rotwein reichen wollte, lehnte ich ab, weil ich kaum Wein trinke, tagsüber erst recht nicht.
Aber woher nehmen Sie dann die Vitamine, fragte sie erstaunt.

—

Ein frisch verheirateter Ehemann geht spät am Abend im Flur vor dem Schlafzimmer auf und ab, und er murmelt: Gar nicht so mies, nicht einmal so mies.

Ein Mann will bald heiraten und sagt zu seiner Herzensdame, dass sie sich ausziehen sollte, damit er die Katze nicht im Sack usw. Nach kurzem Zögern steht die Frau nackt vor dem Mann, der sie ausführlich betrachtet, und dann sagt er: Alles bestens, wunderbar, nur die Nase gefällt mir nicht.

Ein Mann besucht eine Frau, die von sich behauptet, phantastisch zu tanzen. Er runzelt die Stirn. Ja, sagt sie, tanzen könne sie aller-

dings nur, wenn ihr niemand zuschaut. Also verlässt er das Zimmer, schließt die Tür und schaut durch das Schlüsselloch. Plötzlich reißt er die Tür wieder auf und ruft: Von wegen gut tanzen, dass ich nicht lache! Ich habe Sie ja beobachtet.
Na ja, sagt sie gelassen, wie sollte ich gut tanzen, wenn Sie heimlich durch das Schlüsselloch spähen.

—

Neulich fiel mir wieder ein: Stalin oder Rákosi, ich weiß nicht mehr wer von den beiden, ging durch ein Gefängnis und fragte einige Insassen, weshalb sie verurteilt wurden. Einer hatte sein Parteibuch verloren, dafür musste er ein Jahr sitzen. Die Strafe sei zu kurz bemessen, zwei Jahre Haft wäre richtig, so S. oder R. Ein anderer hatte mehrmals hintereinander bei der Parteisitzung gefehlt. Auch seine Strafe hielt S. (oder R.) für zu kurz. Dann fragte er einen Dritten. Der hatte seinen Vater umgebracht. Na, sagte S., das tut man aber wirklich nicht!

—

Mit meinem Vater und einer Tante saß ich in Budapest im Kino, in einer Nachmittagsvorstellung von Polanskis »Macbeth«. Links von mir mein Vater und die Tante, rechts ein Mann, dessen Hand ich ständig von meinen Knien wegschieben musste.
Nachdem der Film zu Ende war, standen wir zu dritt draußen, in der Sonne, und mein Vater sagte, dass Shakespeare für ihn erledigt sei. Ein Film voller Blut, sinnloses Blut, rief er entrüstet. Dieses viele Blut hängt eher mit der Inszenierung Polanskis als mit Shakespeare zusammen, versuchte ich einzuwenden, aber mein Vater winkte ab und fand mich einfach nur fremd. Das viele Blut

sei nichts als gefällig, publikumsgefällig, sagte er in die Luft hinein, mit mir hatte er nichts mehr zu besprechen. Meine Tante hatte uns schweigend zugehört, und als ich sie nun nach ihrer Ansicht fragte, schloss sie die Augen, hob die Schultern und schüttelte den Kopf. Diese Gebärde besagte, dass ihr die Worte fehlten, sie rang um die Wörter, aber ihr Ringen war für meinen Vater zu umständlich, so dass er die stille Szene unterbrach und weitersprach.

Hinzufügen sollte ich, dass wir damals einen elenden Vormittag hinter uns hatten, wir alle drei, und nach dem Vormittagsärger kam diese Blutgeschichte hinzu, während mein Vater bei seinem schönen Verstand bleiben wollte.

Schuld war Polanski, versicherte ich ihm, aber er schnaubte ablehnend über meine Parteinahme für Shakespeare. Für Polanski, den Regisseur, den ich nie mochte, wollte er keine Gedanken verschwenden. Wahrscheinlich glaubte er nicht, dass Inszenierungen Inhalte verfälschen können.

Bei so viel Gerede über Blut und Nichtblut kam ich nicht dazu, mich über den Grabscher im Kino nachträglich kurz zu beschweren. Dafür fragte ich die Tante nochmals, was sie ihrerseits von dem Film hielte. Sie schloss die Augen, hob die Schultern, bog den Kopf leicht zurück und zeigte mit dieser Gebärde wieder das Unsagbare. Als ich sie zum dritten Mal fragte (wie bei jedem ordentlichen Witz), sagte sie, sie meine gar nichts, sie habe geschlafen.

Die Eltern meiner Nachbarin waren dieses Jahr in Australien mit einem Jeep unterwegs. Begeistert fuhren sie durch das immense Land, als sie jäh einer Gruppe von Kängurus begegneten. Sie bremsten geistesgegenwärtig, die Tiere flohen geschickt, aber ein junges Känguru hatten sie trotzdem erwischt, das Kleine haben sie angefahren, und nun lag es im Straßenstaub. Halb gerührt, halb cool, wie sie waren, schleppten sie das Tierchen zu einem knorrigen Baum, lehnten es an den Stamm, und da sie eine Sofortbildkamera bei sich hatten, eine alte Polaroidkamera, zog der Mann dem Känguru sein Sakko über, setzte ihm sogar seine Schildmütze auf den Kopf, dann folgte die Aufnahme. Surrend spulte die Kamera das Bild hervor. Sie mussten eine Weile warten, bis das Foto auf dem feuchten Blatt entwickelt war, ein gutes Bild, wie sie fanden, und um es mit der Wirklichkeit zu vergleichen, schauten sie zum Känguru, das aber plötzlich samt der ausgeborgten Kleidung davongesprungen war.

An der Polizeistation in Sydney zeigte der Mann die Aufnahme mit dem Känguru, erzählte vom verlorenen Ausweis und vom verlorenen Flugticket in seiner Sakkotasche, aber man lachte über ihn, als wollte man ihm trotz Foto nicht glauben.

In Schönbrunn war die Tigerin gestorben, ein Lieblingstier der Wiener. Für die Beschaffung eines neuen Exemplars fehlte das Geld, außerdem war es diese bestimmte Tigerin, an der die Leute hingen. Daher wurde ein Pensionär gesucht, der sich täglich eine Weile im Tigerfell in den entsprechenden Käfig legen sollte. Für die angesehene Rolle war ein Rentner leicht zu finden.

Als einige Tage später der Oberveterinärarzt mit dem Zoodirektor am Tigerkäfig vorbeiging, blieb er wie angewurzelt stehen. Die Tigerin sei krank, meinte er. Der Direktor wehrte ab. Manchmal sei sie, schon von ihrem Alter her, müde, erklärte er, nur ließ sich der Oberveterinärarzt nicht besänftigen und verlangte, das Gitter zum benachbarten Tigerkäfig zu öffnen, um die Reaktionsfähigkeit des Weibchens zu prüfen. Schließlich wurde das Gitter tatsächlich aufgesperrt, herein sprang der Tiger mit einem riesigen Satz, zweimal schlich er um die Tigerin herum, dann stieg er ihr auf den Rücken und raunte: Keine Angst, auch ich bin ein Rentner.

Unmittelbar neben dem Fahrkartenschalter war der Bahnhofskiosk untergebracht, und dort warteten einige Leute nahe der Kasse. Ein recht klein geratener Mann mit traurig roten Augen versuchte, etwas auf Deutsch zu sagen. Er nicht, er sicher nicht, etwas dergleichen sagte er mehrfach, während die Frau an der Kasse die Waren ordnete und sich überaus groß ausnahm. Sie hatte schwarz geschminkte Augen. Allmählich fielen mir die vier Uniformierten neben dem traurigen Mann auf. Im ersten Augenblick hatte ich nur den Andrang neben der Kasse bemerkt, allmählich schaute ich genauer hin und sah neben zwei Polizisten zwei private Sicherheitsleute in gut geschnittenen, sportlichen Uniformen, einer der beiden war ein Schwarzhäutiger, die andere Person eine schlanke Frau.

Der kleine Mann hatte die Hände locker hinter dem Rücken verschränkt, wieder sagte er etwas, während die anderen an ihm vorbeischauten, und durch diesen geschult unbekümmerten Blick kam ich einen Schritt weiter. Ich sah die Handschellen des Kleingeratenen, als er sich zwischendurch hin und her wandte. Er hatte silbrige Handschellen und am linken Handgelenk zusätzlich eine silbrige Uhr. Nebenher hatten die Uniformierten Formulare auszufüllen. Schon am Samstag, sagte der mit der schwarzen Haut. Gute Arbeit, meinte einer der beiden Polizisten.

Inzwischen hatte sich der Mann mit den rötlichen Augen verwandelt, er verstand, dass er sich auf einer Bühne befand, und alle, die auf ihre Fahrkarten warteten oder einkaufen wollten, sahen ihn, er hatte ein Publikum, er gab sich mit dem Publikum zufrieden, während seine Hände nobel in den silbrigen Armreifen steckten. Er sprach sein Kauderwelsch weiter, die Bewacher schauten angestrengt weg, er schwenkte die gebundenen Hände nach rechts und links, als wollte er rechts und links tatsächlich etwas von der ausgelegten Ware wegnehmen. Er ging sogar in die Knie, um mit dem unfreien Händepaar weiter ausholen und beinahe wirklich etwas wegnehmen zu können. Ein Artist! Und allmählich lächelten die vier Bewacher.

—

Die Bühne in einem Kammertheater. Zu erahnen sind im halbdunklen Hintergrund zwei Straßenlaternen, eine Straßenecke und eine Hausmauer.

Von links treten nacheinander auf:
Der Geist, ein Clown (der Totengräber), der Hofnarr, ein Kabarettist und schließlich ein Harlekin.

Von rechts kommen fünf Personen mit Klappstühlen. Sie setzen sich. Eine von ihnen ist Hannes, eine bin ich.

Die Bühne ist, da es sich um eine eng begrenzte Fläche handelt, voll besetzt. Schummriges Licht.

Leise sage ich zu Hannes: Die Straße ist dunkel, ein Polizist streift vorbei, so ist hier die Stimmung. Deep music fills the night, deep is the heart of Harlem.

Das gilt nicht, flüstert er, das ist das »Harlem Nocturne«, ein Lied.

Im Hintergrund ertönt »Harlem Nocturne«. Der Geist tritt ab.

—

Szene mit dem Schäfer, er kommt von links auf die Bühne. Die noch Stehenden setzen sich auf den nackten Boden. Nun folgt eine Pastorale, sagt der Schäfer.

Dann kommt Giovanni hinzu und will die gesamte Vorstellung auf eine Drehbühne verlegen, auf eine Bühne, die sich zwar langsam, aber pausenlos dreht. Zunächst sieht man meine Mutter, sie öffnet eine Tür, man blickt in ein Badezimmer, dann schließt sie die Tür hinter sich und verschwindet, sagt Giovanni.

Nun treten mein Vater und ich auf, wir gehen langsam, schlendern Richtung links, während sich der Spielboden im Uhrzeigersinn ebenfalls nach links dreht. Sichtbar ist nur der vordere Halbkreis. Giovanni sagt, ich soll, sobald ich in der Bühnenmitte angelangt bin, die Geschichte mit »Macbeth« erzählen, dann soll meine Schwester uns entgegenkommen und den Zwischenfall mit der kaputten Guillotine vortragen, während weiter hinten einige Polen, Esten und Dänen über den Witz lachen, weil sie nicht beteiligt sind. Kurz darauf wären wir alle nicht mehr sichtbar, wir wären weggedreht, stattdessen würde der Schäfer seine Flimmeriks vortragen. Die gehen so:

Ich kenne einen vorbildlichen Mann mit korrekt gekämmtem Pferdeschwanz, er lebt in Offenburg, sieht neuzeitig aus, er denkt schnell und ist geschäftstüchtig.

In Offenbach kenne ich eine Frau, die gerne über sich selbst nachdenkt und sich als Denkerin bezeichnet. Sie schreibt über Bücher, die sie nicht liest.

Aus Offenburg schreibt eine Frau, Mitte fünfzig, dass ihr die jüngeren auf die Nerven gingen. Allerdings habe sie gestern einer von ihnen ein Bein stellen können, daher sei sie erleichtert.

Aus Offenberg, dem Zentrum der Gemeinde, kam letzte Woche die Nachricht, dass der Bürgermeister zu dick geworden sei, so dass er niemanden gefährden könne. Ein Wunschtraum.

Eines Tages sah ein Mann aus Offental, dass er ein Haiku war.

Vielleicht ist dieser Mann nie ein Haiku gewesen, sondern etwas anderes, aber der Schäfer ist auf der Drehbühne kaum noch sichtbar und schlecht zu verstehen.

Dafür wird die Mutter auf der rechten Bühnenseite nach vorne gedreht. Sie steht an einem offenen Fenster und ruft einen gewiss klugen Satz zur unsichtbaren Straße hinaus, sicher wieder einen Satz von Nietzsche. Die Sätze von Nietzsche liebe sie mehr als alle Witze, sagt sie, was ich ihr nicht glaube, nur hat halt jeder einen Fehler, und sie hat viele. Ständig öffnet sie das Fenster und ruft ihre Sätze in die Welt hinaus.

Meine Liebste, Teuerste, sagt mein Vater, mach das Fenster bitte zu, du wirst dich erkälten.

Sie wendet sich ihm langsam zu und sagt:
Die Schwester Oberin ist oft allein und freut sich jeden Tag auf den Briefträger, von dem sie die neuesten Nachrichten erfährt. Aber eines Tages fallen dem guten Mann keine Neuigkeiten ein, obwohl die Oberin schon unten am Zaun auf ihn wartet. Daher erzählt er ihr, dass Frauen mit einem kleinen Kirschmund besonders beliebt seien.

So, so, meint die Schwester mit kirschmundartig gespitzten Lippen.
Frauen mit einem breiten, vollen Mund werden allerdings viel eher begehrt, fügt er hinzu.
Da reißt die Schwester den Mund breit auf und ruft: Warum haben Sie mir das nicht gleich gesagt!

Und wann sehe ich dich auf der Bühne, frage ich Giovanni?
Er sagt, er schaue uns lieber zu.

Aber gleich darauf springt er auf die Drehscheibe, steht neben uns und erzählt, was sich ebenfalls in einem Kloster abspielt.
Da die Nonne Agnes eine nackte Männerskulptur für den Klostergarten anfertigen sollte, erhält sie von der Oberin die Erlaubnis, den Gärtner für einige Aktstudien in das Atelier der Abtei zu bitten. Nach einer Weile wird die steinerne Statue im Klostergarten feierlich enthüllt, und ein Raunen geht durch die Reihen der Schwestern: Ah, Gärtner seiner!

—

Die Witze warten in bestimmten Reihenfolgen, sie stehen an, genau wie die Lieder, sage ich Giovanni, aber er winkt ab. Gilt nicht, gilt wieder nicht, sagt er. Weil, fügt er hinzu, weil das Stichwort Lied nicht gilt, es wäre ein zu weites Feld, auch noch darüber zu reden, außerdem stimmt das mit den Reihenfolgen nicht, oder es darf nicht stimmen, es wäre tödlich mit immer den gleichen Reihenfolgen. Man muss sie durchschütteln, sonst schlafen sie ein.
Wer schläft ein, frage ich.

—

Nichts als Kummer und Freud, ruft jemand hinter der Kulisse.

(Und Hannes, im weißen offenen Kittel als Arzt verkleidet, fügt hinzu: Dabei bleibt man ewig jung, ist aber dennoch kein Adler, wie Darwin annehmen würde, und ich meine, dass das Lachen bei Freud keinen Platz hat.
Das ist zu kompliziert, finde ich, aber Hannes bleibt dabei.)

—

Niemand kann die leere Drehbühne abstellen. Inzwischen ist die Beleuchtung falsch eingestellt, sie flimmert hellgrün wie der Frühling.

—

Nachts war ich kurz wach und stammelte Juan vor, dass auch die letzte Geschichte gliedrig sei, dass sie nämlich aus mehreren Gliedern bestehe, außerdem seien innerhalb der Geschichte alle Teile gliedrig, und deshalb kann man sie falsch, richtig und halbrichtig darstellen.
Ganz genau, sagte er, schlaf nur.

—

Mit Hans habe ich in Wien einem Wiener Kabarettisten mehr als eine Stunde lang zugehört, manchmal lachten die Leute in dem kleinen Theater, einem richtigen Theater mit Plüschsitzen, und ich wurde immer trauriger. Es war wunderbar, zwischen den eingefleischten Genießern stufenweise in eine warme Kummerlage zu sinken, zwischendurch aber aufzutauchen, hochzuschnellen, wie

ein Korken im Wasser. Das ist ein zu einfaches Bild, sicher, aber zumindest ist es deutlich. Zwischendurch sagte der Mann auf der Bühne, dass er gern auf dem Trampolin springen würde. Trampolin sei seine Sportart. Einmal habe ein gut gewachsener Polizist bei ihm geläutet, da sich die Nachbarn über das ständige Springen beklagt hatten, so gegen Mitternacht. Da habe er dem Beamten an der Tür gesagt: Kommen Sie herein, hocken Sie sich hin, lieber Herr und notieren Sie umgehend. Nachts denke ich über Witze nach, und solche Überlegungen nenne ich Trampolinspringen, was ich den Nachbarn schon mehrfach erzählt habe. Es geht um Springübungen, die das genaue Erzählen vorbereiten, das habe ich ihnen auch gesagt, und nun hören die Leute die Wände wackeln, weil sie sich selbst im Erzählen üben.
Nicht so schnell, sagte der Polizist.

Als wir das Theater gegen halb zehn verließen, war es noch nicht dunkel, für Kinder allerdings nicht unbedingt die Zeit, sich in den Straßen zu tummeln, aber auf einer Bank, unmittelbar vor dem Theater, saß meine Schwester mit drei Kindern, alle drei etwa im Einschulungsalter, was weltweit Bedeutung hat. Einschulungsreife Kinder mit ihren gut entwickelten, aufnahmefähigen Gehirnen hat man seit Jahrtausenden in praktisch allen Kulturen beobachtet und geschult. Meine Schwester erzählte ihnen zunächst den Witz mit dem Apotheker. Der war nackt und hatte einen Hut auf dem Kopf. Die Kinder hörten zu, ohne zu lachen. Dann erzählte sie (ernst, wie man erzählen soll) von dem Mann, der in der Drogerie ein Mittel gegen Flöhe verlangte. Der Drogist empfahl ihm ein Wunderding. Floh fangen, gleich darauf einen Tropfen ins linke Auge und einen ins rechte Auge träufeln, zwei Sekunden später ist der Floh tot. Ich verstehe, meinte der angehende Käufer, aber wenn ich den Floh fange, kann ich ihn ja gleich zerdrücken! O-o-ooder so, sagte der Drogist.

Dreimal hintereinander hörten sich die Kinder den Witz an, Hans und ich standen in der Nähe, so dass wir die Kinder genau sahen. Sie verzogen keine Miene, aber sie korrigierten meine Schwester, wenn sie vorher eine Einzelheit anders gesagt hatte, was eindeutig an das Märchenerzählen erinnerte, wo die Kleinen ebenfalls die exakten Wiederholungen suchen. Diese Beobachtung gehört zu den neurologischen Untersuchungen, nicht wahr, sagte Hans. Schließlich erzählten die Kleinen selbst die beiden Witze, und dann lachten sie endlos.

—

Sobald man eine Landesgrenze überschreitet, muss man das eigene Witzbündel abgeben und ein gültiges Paket für das Einreiseland verlangen, sagt Giovanni und erwähnt das nicht zum ersten Mal.

Ich weiß, ich wiederhole mich, bemerkt er verärgert, aber das nützt nichts, vergebens sage ich, dass Engländer, Ukrainer, Katalanen oder Schweizer über unterschiedliche Dinge lachen. Die notwendigen Stichwörter wären hier Witzsitten und Witzgewohnheiten.

—

Neuerdings gibt es ein gelbes Buch, ähnlich den gelben Telefonbüchern mit den Firmenregistern, und in dem neuen Verzeichnis sind die unterschiedlichen Beweggründe für alle möglichen Witze aufgelistet. Die einzelnen Kapitel sind nach Kulturen und Ländern, nach der jeweiligen Topographie und den Sprachen geordnet, im Anhang stehen Stichwörter zu einzelnen Staatsformen und

Religionen. Interessanterweise werden neben geschichtlichen Ereignissen der Regionen sogar Naturkatastrophen angeführt, wobei sich manche Gesichtspunkte in der über tausend Seiten umfassenden Erstausgabe überlappen.

Giovanni liest mir in letzter Zeit Passagen aus diesem Katalog vor. Zum Beispiel:
Zu den unterschiedlichen Beweggründen gehören unter anderem Missverständnisse, Selbstironie und,
noch nicht lachen, noch nicht, sagt Giovanni. Er sagt, dieser Satz, dieses *noch nicht, noch nicht*, sei ein Zitat.
Zu den Beweggründen gehören, wiederholt er dann, Selbstironie, Ohnmachtsgefühle, regional auch die pure, bloße, nackte Häme.

Die Häme gegen Frauen nimmt sich auf den ersten Blick eher freundlich aus. Das steht in dem gelben Buch auf Seite 252. Hinterher folgen mehrere Absätze zu diesem Thema, unter anderem nach Haarfarben geordnet.

Zu diesen Geschichten gehört wohl eine Sekundenbegebenheit in einer europäischen Wüstenlandschaft. Trockene Hitze in einer weiten, beinahe graslosen Ebene, ein Mädchen, etwa acht Jahre alt, liegt in der sonnigen Landschaft, sie liegt rücklings, schaut zum weiten Himmel hinauf, das ist für sie eine Vorwegnahme von jenem unvergesslichen Bild, bei dem Fürst Andrej in Tolstojs »Krieg und Frieden« auf dem Schlachtfeld liegend zum Himmel hinaufschaut, ein Bild, das niemand kennen muss und trotzdem jeder kennt, nämlich diesen Blick hinauf.
Plötzlich steht neben oder gewissermaßen über der Liegenden ein anderes Mädchen, sie steht so nahe und breitbeinig, dass die Liegende zwangsläufig unter den Rock der jungen Fremden schauen

muss, und die Stehende ist unter ihrem Gewand völlig nackt. Diese andere ist die andere Frau schlechthin.

Um aber auf das neue gelbe Buch zurückzukommen: Eine Kapitelüberschrift heißt »Es gibt Länder, wo Häme als Witz gilt«. Folglich kann man Witze verorten. So ist es mit den Orten und ihrem jeweiligen Charme, und verlieren ist das genaue Gegenteil von verorten.

—

Der Leutnant lacht über jeden Witz dreimal. Das erste Mal, wenn er ihn hört, das zweite Mal, wenn ihm der Witz erklärt wird, das dritte Mal, wenn er ihn versteht.

Bei den Großeltern wurde beim Abendessen viel erzählt. Es gibt sogar eine schöne braunweiße Fotografie von meiner großen Großmutter. Man sieht sie mit einigen Gästen an einem langen Tisch sitzen.

Zu dem Foto gehört auch der General. Er war mit seinen drei Töchtern bei einem großen Ball im Kasino. Den ganzen Abend wurde getanzt, das heißt, die anderen tanzten, und die Töchter saßen am Tisch. Ab und zu schob ihnen der General eine Münze zu, einen Pengö, dann gingen sie abwechselnd auf die Toilette und waren zumindest unterwegs. Kurz vor Mitternacht sagte der Vater zu seinen hübschen Töchtern: Drei Pengö werden wir noch verpissen, dann gehen wir nach Hause.

Von der Frau, die ihr sogenanntes Jungfernhäutchen verloren hatte, so dass ihr anstandshalber das eigene Trommelfell eingepflanzt wurde, brauche ich nicht zu erzählen. Die Geschichte handelt nicht von frühen Transplantationen, sondern von Ablenkungsmanövern in der Nach- und Vorkriegszeit.

Einer der Gäste dachte, ein sogenannt unanständiges Wort wäre bereits ein Witz, und wenn er an die Reihe kam, zählte er solche Wörter auf.

Politisch inkorrekt.

Im Trappistenkloster sitzen drei Mönche beim Essen regelmäßig beisammen. Jeder von ihnen darf nur einmal im Jahr reden. Einer sagt im Mai, diesen Käse könne er kaum noch sehen. Im September sagt der zweite, dass er nichts lieber als diesen Käse aufgetischt bekomme. Ende November spricht dann der dritte Mönch. Er sagt: Ich kann eure Streitigkeiten kaum mehr ertragen.

Aus der Entbindungsstation tritt die Hebamme in den Vorraum und sagt dem dort wartenden jungen Mann: Herzlichen Glückwunsch. Sie haben ein Kind!

Im Wartezimmer einer Arztpraxis sitzen drei Frauen. Eine von ihnen erzählt von ihrem Sohn, der ihr von jeder Reise eine Postkarte schickt, wobei er oft verreist.
Auch mein Sohn ist wunderbar, wöchentlich ruft er mich an, sagt die zweite Frau.
Und mein Sohn ist unvergleichbar, erzählt die dritte Mutter. Er geht jeden zweiten Tag zum Psychologen, und dort spricht er immer und ausschließlich über mich.

—

In München geht eine Passantin auf einen Polizisten zu.
Herr Wachtmeister, sagt sie fremdländisch, wo ist bitte der Kupferplatz?
Kupferplatz, Kupferplatz, so der Polizist, haben wir einen Kupferplatz? Wir haben den Gärtnerplatz, den Marienplatz, den Goetheplatz …
Ja, Entschuldigung, den Goetheplatz, den meine ich, unterbricht ihn die Passantin, nur habe ich Goethe mit Schiller, Schiller mit Lessing, Lessing mit Messing und Messing mit Kupfer verwechselt.

—

Gestern habe ich den Mann vom Nachbarhaus nicht erkannt, allerdings ist er erst vor einigen Wochen zugezogen, und er ist mir ausgerechnet in München über den Weg gelaufen. Am Bahnhof kam er mir entgegen, und in Bahnhöfen schaue ich mich nie nach den Leuten um. Er grüßte freundlich, und ich sagte: Entschuldigung, ich versuche Sie gerade irgendwo hier in der Gegend zu verorten, gleich, warten Sie nur. Woher kenne ich Sie bloß! Ihr schönes eckiges Gesicht mit dem klaren Strichmund! Als ich Sie jetzt sah, versuchte ich Sie sofort richtig unterzubringen, am Stachus, im Valentinmuseum, in meinem Hotel, nur passten Sie leider nirgendwo hin. Was mache ich bloß mit Ihrem Gesicht, dachte ich geschwind. Oh du lieber Augustin, alles ist hin, sagte ich mir.
Der Mann schaute mich lächelnd an. Ich bin der Hans, der neue Nachbar, sagte er.
Ah, die heimische Gegend, die habe ich nicht in Erwägung gezogen. So ist das mit dem Verorten, nicht gerade witzig.

—

Da war noch etwas mit den Gräten, da war etwas! Oh, mein Kopf. Gleich wird mir die Geschichte wieder einfallen.

Vielleicht habe ich sie aber für immer vergessen, fort sind die Gräten. Oder sie werden mir in zwei Jahren wieder einfallen, und dann werde ich zwei Dinge gleichzeitig sehen, das Vergessen und das Wiederfinden.

Manche haben eine tief sitzende Angst vor dem Vergessen. Zum Beispiel sagte mir kürzlich ein älterer Mann, dass er vor dem Tod nur Angst habe, weil dann sein gesamtes Wissen verlorengehe. Wir standen vor einem Gebäude draußen in der Kälte, ein Dritter war noch dabei, wir rauchten, und wir schämten uns nicht etwa, weil wir rauchten, sondern weil wir vor dem Gebäude stehen mussten. Möglicherweise war der ältere Herr aus diesem Grund bedrückt, als er vom Vergessen sprach.

Angst haben, sein Wissen zu verlieren. Über diese Ansicht des freundlichen Mannes stolpere ich seither ständig, und ich widerspreche ihm (in Gedanken). Ich sage ihm, dass mir eher meine Überlegungen Sorgen bereiten, ich möchte das Weiterdenken nicht verlieren, auch im Alltag nicht, nicht nur im Zusammenhang mit dem Tod, und immerhin gibt es Tage, an denen mir nichts einfällt, an denen ich keine einzige Idee über die andere lege, mir nichts überlege, das ist jeweils wirklich erschreckend. Vor lauter Schrecken könnte man in solchen Augenblicken den Verstand verlieren, und dann wäre es aus mit dem Witz und dem Denken.

Neulich saßen wir wieder in einem Wohnzimmer, in einem hellen Raum mit vielen Sitzmöglichkeiten. Giovanni war dabei, fünf Freunde, meine Kinder, meine Schwester, die Urgroßeltern und andere Leute mehr. Giovanni sagte, dass wir jetzt einiges vergessen könnten, wir könnten den Herrn F. vergessen und seine vermeintlich wissenschaftliche Aussage, die er nicht allein vertritt. Er hat Anhänger und eine Gefolgschaft, davon ein anderes Mal. Seiner Ansicht nach wollen alle Lebewesen fressen und sich fortpflanzen, nichts anderes als dumm fressen und sich fortpflanzen. Wieso denn, wem sollte das einen Gewinn bringen? Jedenfalls wollen sie fressen, so heißt es, dann machen selbst die Schildkröten die Beine breit, und irgendein Mann oder Männchen fühlt sich wohl, weil es bald viele Schildkröten gibt.

Mein Urgroßvater, meine Großmutter und mein Vater stoßen an, meine Kinder stehen auf, Giovanni hebt sein Glas, während er weiterspricht.
Unsinn, sagt er, das sind gallige Behauptungen des Herrn F. Neugierig sind alle, das sind sie, wenn schon gleich von allen die Rede sein soll. Neugierig sind sie und verliebt, sie wollen auf Teufel komm raus, um alles in der Welt verliebt sein und sind neugierig, und allem voran wollen sie, was sie wissen, weitergeben, an wen auch immer, egal an wen, sie wollen alles weitergeben, sonst wären sie vergeblich neugierig, das spüren sie.

Und was ist jetzt mit den Gräten, fragt meine Mutter.

—

Eines Nachts kommt mir auf der Straße ein Polizist entgegen, der Asphalt ist nass und leuchtet in der spärlichen Beleuchtung. Der Polizist hat keinen Schatten, hinter ihm steht der Teufel, hinter dem wiederum ein Skelett, nein, ein lachender Totengräber, der Clown, Arm in Arm mit einem weiß gekleideten Harlekin, usw.

An einem müden Morgen sagte Juan, dass man die Schmetterlinge entlarven sollte.

Gut, dass die Erinnerungen beim Neuerzählen instabil werden. Die Vergangenheit versandet, sie gehört zur sedimentreichen Geologie, zudem entstehen mit den aufgefrischten Erinnerungen neue Erfahrungen.

Wie stabil sind Witze?

Beinversehrt, kopfversehrt, kaputte Augen, Nierenleiden, verarmt, ausgeraubt (und einer behauptet, das Leben, vor allem die Literatur, handle nur von Liebe und Tod).

Bei einer Lesung (in einer Schule) in der Nähe von Wien ging es ausschließlich um Witze und damit um ein Grundinstrument.

Witze haben eine gewisse Ähnlichkeit mit Kokons. Es handelt sich um widerstandsfähige Ereignisse, eingerollt.

Niemand muss über Witze lachen, Hauptsache, sie sind gut.

Interessant sind auch die Halbwitze, die keine halben Witze sind.

Giovanni wird ins Uralgebirge gehen, um neue Witze zu sammeln, und sammelt später in Kasachstan und in Nebraska weiter.

Erbschaften sind die Witze, für ihn zumindest, sagt er.
Für mich auch.
Eine Erbschaft ist ein Nebenerwerb, eine nicht beabsichtigte Aneignung, die nichts mit Arbeit zu tun hat. Eine Zueignung.

Da stand ich als Clown.
Der Clown ist ein Totengräber. Hell begeistert.

—

Dann folgt ein nacktes Kapitel, zu sehen ist nur meine Mutter, sie lacht, es geht ihr nicht gut. Sie steht mit dem Rücken zum Fenster und trinkt ein Glas und noch ein Glas, und da steht sie heut noch.

—

Zwischendurch sitzt sie wieder auf der Couch, raucht eine Zigarette, kneift ein Auge zu, während sie einen Schluck Kaffee trinkt und sagt, der Witz, den jeder kennt, der geht so:

Warum haben Elefanten rote Augen?
Damit sie sich hinter einem Kirschbaum verstecken können.
Pause.
Hast du schon einmal einen Elefanten hinter einem Kirschbaum gesehen?
Pause.
Na siehst du.

—

Merkwürdigerweise sitzt meine Mutter nun in einem der beiden klobigen Sessel und ich auf der Couch, während ich ihr von dem mächtigen, spiegelnden Vorhang erzähle, der in der Stuttgarter Oper herabgelassen wurde. Vor dem Vorhang stand Don Giovanni, er hob sein Champagnerglas, vor ihm das Publikum des gesamten Opernhauses, hinter ihm die gleiche Szene, gespiegelt.

In einem Spiegelvorhang wird zwangsläufig alles gespiegelt, oder nicht, sagt meine Mutter, und wichtiger wäre die Frage, ob die Operngestalt mit dem Champagnerglas erotisch ist. Wem nützt eine solche Gestalt? Ist sie erotisch oder nicht?
Sie hat die Beine übereinander geschlagen, mit dem oberen Bein wippt sie.

Eines Tages werde ich diesen einzigen Satz auf ein Blatt schreiben: Sie hat die Beine übereinander geschlagen, mit dem oberen Bein wippt sie. Das ist Weltgeschichte, bei der es nicht nur um meine Mutter geht.

Eben fällt mir eine Geschichte ein, sage ich ihr, bei der man wissen sollte, dass *mell* auf Ungarisch Brust oder Busen bedeutet, und zugleich soll man diese Erklärung gleich wieder vergessen.

Was soll man vergessen und nicht wissen, aber trotzdem wissen, ruft meine Mutter und springt auf.
Gleichzeitig kommt mein Vater ins Zimmer, und ich erzähle weiter.

Einmal saßen wir in der Konditorei Demel in Wien im oberen Stock, rundum sahen wir die Gemälde von Rokoko-Damen, ich glaube, es waren Rokoko-Damen, jedenfalls gab es an jeder Wand ein Gemälde mit ansprechenden Damenbildern, alle tief dekolletiert. Wir drei saßen an einem der kleinen Marmortische, der Kaffee wurde uns bereits serviert, und wir warteten auf etwas sahnig Süßes.
Nein, dieses Warten auf das Sahnige streiche ich, sage ich, und mein Vater nickt.

Eher war es so: Wir drei sitzen im ersten Stock bei Demel, um uns herum Gemälde von Damen mit tiefem Dekolleté, mein Vater ist in sich versunken, und versonnen erklärt er nach einer Weile, während er auf die vier Wände weist: A-mell, B-mell, C-mell, Demel.

—

Juan braucht die Abwechslung, er braucht etwas Zukunft anstelle der ewigen Gegenwart. Auch wenn sich die Zukunft ständig ungefragt in die Gegenwart hineinrollt.

Ich versuche, in der Gegenwart zu bleiben, erkläre ich ihm, und dass selbst die Vergangenheit nicht sicher sei, denn, denn, denn sie ist ein Floß auf dem Ozean und macht seekrank.

Erzähle nur schön weiter, meint er.

Das Thema ist nicht neu, seit Monaten plant er, auf verschiedenen Containerschiffen über die Weltmeere zu fahren.

Wie geht der Containerwitz, frage ich ihn. Er kennt keinen, allerdings ist ihm eben eingefallen, wie er im Englischunterricht den Konjunktiv gelernt hatte, nämlich mit der folgenden Geschichte im Lesebuch:
Ein Mann fragt einen Matrosen:
Where did your grandfather die?
He died at sea.
And where did your father die?
He died at sea too.
Then, if I were you, I would never go to sea.
Der Matrose (zündet sich eine Zigarette an und) fragt den anderen:

And where did your grandfather die?
He died in bed.
And your father?
He died in bed too.
Then, so der Matrose, if I were you, I would never go to bed.

Somit kennen wir den Konjunktiv, den es nicht zwangsläufig in allen Sprachen geben muss, und wie sich das beispielsweise bei den verstreuten ozeanischen Sprachen verhält, werden wir später einmal zu verstehen versuchen.

Juan wird von Genua aus abreisen, zunächst mit einem Containerschiff nach Amerika, und er will dabei die weitere Route nicht zu strikt vorplanen. Das nächste Ziel könnte Feuerland sein. Oder die Beringstraße.

Spätestens in einem Jahr wird er zurückkehren, falls nicht, gilt die Erbschaft.
Falls er unverändert zurückkehren sollte, wäre das ein Wunder.
Sollte sich Juan inzwischen verändert haben, wäre das kein Wunder.

—

Was ich bisher oft gesagt habe, ohne es deutlich zu formulieren: Ich will nicht verreisen, und ich will nicht, dass andere reisen. Die Leute sollen sich zu Hause hinhocken.
Allerdings werden Reisereien allgemein akzeptiert. (Die Majestät wird anerkannt, anerkannt, rings im Land, jubelnd wird Champagner der Erste sie genannt. Dieser letzte Satz gilt nicht, weil es sich wieder um ein Lied handelt.)
Natürlich will auch ich die Welt kennen, bis in alle Schlupfwinkel

hinein, alles möchte ich kennen, und weil das nicht möglich ist, lasse ich alles Reisen fallen. Vor allem scheue ich die Flugameisen. Ich mag sie nicht. Ameisen bedeuten Industrie, folglich meine ich jetzt die Reiseameisen, die Flugindustrie. Und ich sage mir: Eines Tages treffen sich sämtliche Ameisen in der Prärie, dicht bei dicht stehen sie nebeneinander, so dass sie überhaupt nichts sehen können.

—

Ein Indianer und ein Cowboy reiten durch die Prärie und stehen plötzlich einander gegenüber.

Der Indianer macht so:

Der Cowboy macht so:

Daraufhin der Indianer:

Der Cowboy zeigt dann so:

Dann reiten sie ruhig auseinander.

Zu Hause angekommen erzählt der Cowboy seiner Frau, er habe einen Indianer getroffen. Der habe ihm gesagt: Ich erschieße dich. Und er darauf: Ich erschieße dich zweimal. Da flehte der Indianer um sein Leben, und er habe nur gesagt: Verpiss dich. Da ritt der Indianer in aller Ruhe davon.

Auch der Indianer erzählt seiner Frau von dieser Geschichte. Er habe einen Cowboy getroffen und ihn gefragt: Wie heißt du? Ziege, habe der Cowboy gesagt. Bergziege, habe er ihn gefragt. Nein, Flussziege!

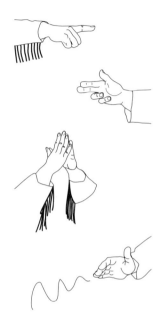

—

Diesmal habe ich in Verona allein logiert. Logiert! Heute Morgen waren meine sieben Sachen schon im Koffer verstaut, nur zwei Mappen ließ ich erst einmal auf dem kleinen Tisch liegen, vor dem Fenster. Bevor ich zum Frühstück ging, notierte ich noch, dass Jean Paul ein großer, breiter Dichter sei, ein breit schmunzelnder. Jedem das seine, wie der Lateiner meint.
Als ich vom Frühstück zurückkehrte, lag mein Koffer unversehrt auf einer Kommode, aber eine meiner Mappen fand ich aufge-

klappt auf dem Tisch vor dem Fenster, und zuoberst lag das Blatt mit der folgenden Geschichte:
Kurz vor Mitternacht läutet der Arzt. Die Ehefrau bittet ihn weinend herein. Ihr Mann ist kurz zuvor gestorben.
Mein Beileid, sagt der Arzt und fragt dann, ob der Ehemann alle Tabletten genommen habe.
Ja, sagt sie in ihr Taschentuch hinein.
Und hat er auch die kleinen grünen Tabletten genommen?
Ja, sicher hat er sie genommen.
Und hat er dann geschwitzt, fragt er.
Ja, er hat viel geschwitzt, sagt sie.
Ah, das ist gut, das ist gut, sagt der Arzt.

Auftritte

Originalausgabe
© Edition Korrespondenzen, Reto Ziegler, Wien 2013

Gesetzt aus der Minion
Umschlag: Leif Ruffmann, unter Verwendung einer Handschrift
der Autorin
Gesamtherstellung: Interpress, Budapest

Autorin und Illustratorin danken der Kulturstiftung des Kantons Thurgau
für die Unterstützung ihrer Arbeit.

Der Verlag dankt der Kulturstiftung des Kantons Thurgau für die
finanzielle Unterstützung der Drucklegung dieses Buches.

www.korrespondenzen.at

ISBN 978-3-902113-00-9